AF404859

# ALEXANDRE,

## TRAGEDIE

### NOUVELLE,

### EN CINQ ACTES,

*Par M. de* FEN....

*Prix 24. fols broché.*

A PARIS.

Chez { PRAULT, fils, Libraire, Quai de Conti, à la Charité.
&
Duchesne, rue Saint Jacques, au Temple du Goût.

## M. D. C C. LIV.

*Avec Approbation & Permiſſion.*

# *ANALYSE.*

L'Action principale de cette piece eſt une Conjuration contre Alexandre. La Princeſſe Ophis, dont ce Monarque eſt amoureux, entre innocemment dans ce complot, par la ſubtilité des Chefs de l'entrepriſe.

Les Conjurés ne pouvoient faire ſûrement leur coup que chez elle, où Alexandre ſe rendoit ordinairement tous les ſoirs accompagné ſeulement d'Epheſtion. Il s'agiſſoit donc de la gagner; mais perſuadé qu'elle ne favoriſeroit jamais un tel attentat, ils lui font accroire qu'ils ont découvert une conjuration contre Alexandre, dont Epheſtion eſt le chef. Ils la prient en même-temps de permettre qu'ils ſe rendent chez elle, ſi-tôt que le Roi y ſera arrivé. C'eſt alors que ces ſcélerats, en feignant de venir découvrir cette prétendue conjuration vouloient exécuter la leur. La Princeſſe qui avoit toujours eu lieu de les croire honêtes gens, & extrêmement attachés au Roi, donne dans le piege. Elle auroit même crû ſe rendre complice ſi elle eût héſité un moment à prendre le parti qu'on lui propoſoit. Peu de temps après elle envoye un billet aux Conjurés, par lequel elle leur marque de faire diligence, que le Monarque va venir la voir. Ce billet eſt intercepté, & tombe entre les mains d'Alexandre; il ſe trouve équivoque étant conçu en ces termes:

*Le Roi dans un moment va se rendre à ma tente,*
*Suivez-le de bien près ; je suis impatiente*
*De voir exécuter le projet convenu,*
*Et qui par un delai peut être prévenu.*

C'est envain qu'Ophis veut se justifier devant Alexandre ; il l'accable de reproches, la fait arrêter, & ordonne qu'on lui fasse son procès.

Ce même jour, dans le cours duquel la conjuration devoit avoir son effet, ce Roi est obligé de donner une bataille, qui est celle d'Arbelles, apprenant que Darius venoit sur lui. La mere, la femme, les filles de ce Roi avoient été faite les prisonnieres d'Alexandre à celle d'Issus, elles font par conséquent liées à son char. Le Prince Sitalce un des Conjurés à qui Alexandre vient de rendre ses Etats, se détermine à découvrir la conjuration. Voilà pourquoi le billet de la Princesse Ophis a été intercepté, parce qu'on avoit l'œil à tout. Sitalce fait connoître au Roi l'innocence de cette Princesse. Le Monarque se repent de l'avoir outragée. Sur ces entrefaites la Princesse Ophis retrouve parmi les prisonniers qu'on vient de faire le Roi Nicandre son époux, qu'elle croyoit mort. Elle veut se sauver avec lui ; mais on les arrête. Alexandre, qui l'apprend, juge par cette fuite que tentoit Ophis, qu'elle est criminelle. Il entre dans une furieuse colere contre elle, & surtout contre le Prisonnier inconnu qui vouloit la sauver, & il jure sa perte. Ophis à qui l'on apprend la résolution du Monarque, se trouve dans un cruel embarras. Si elle cache que Nicandre est son époux, il ne peut éviter la mort, & si elle découvre ce qu'il lui est, elle a peur que le Roi ne l'immole à son amour. Mais comme il sçait se vaincre lui-même, après quelques petits reproches qu'il fait à l'un & à l'autre, leur rend leur Royaume & les y renvoye.

Le Prince Sitalce en proie à ses remords, & honteux du généreux procédé d'Alexandre, se poignarde devant Ephestion, qui en vient faire le récit. Il annonce en même temps le châtiment de Philotas & des autres complices.

Alexandre qui par rapport à l'intérêt des Grecs de qui il est allié, & qui l'ont nommé Général de leur Armée contre la Perse, ne pouvant rétablir la famille de Darius dans son premier état lui fait entendre qu'il en est fâché, & dit particulierement à Statira que dans un tems plus favorable il sçaura concilier tous ces differens intérêts, & qu'il lui reserve un prix digne de ses vertus, voulant dire par-là qu'il l'épousera un jour comme il est arrivé suivant l'histoire.

# ACTEURS.

ALEXANDRE, Roi de Macedoine.
SYSIGAMBIS, mere de Darius, Roi de Perse.
STATIRA, fille aînée de Darius, prisonniere d'Alexandre.
SITALCE, Prince de Thrace, un des Conjurés. Alexandre avoit conquis les Etats de son pere.
NICANDRE, mari d'Ophis, parent de Darius. Ses Etats relevoient de la Perse, Prisonnier.
OPHIS, femme de Nicandre, prisonniere aimée d'Alexandre.
EPHESTION, Officier général, Favori d'Alexandre.
PHILOTAS, Officier général, un des Conjurés.
ZAMINTE, confidente de Sysigambis.
ZONIME, confidente d'Ophis.
UN CAPITAINE, des Gardes d'Alexandre.
GARDES.
UN SOLDAT parlant.
Les enfans de Darius au nombre de deux, en bas âge.


*La Scêne est en Assyrie au Camp d'Alexandre près la ville d'Arbelles.*

# ALEXANDRE,
## TRAGEDIE.

---

## *ACTE PREMIER.*

---

### SCENE PREMIERE.

### SITALCE, PHILOTAS.

### PHILOTAS.

O N, Sitalce, il n'eſt plus d'eſpérance de paix;
La guerre ſe ralume à ne finir jamais.
Plus nous avons ſoumis de Peuples & de Princes,
Plus renverſé d'Etats, ravagé de Provinces,
Plus nous voulons en mettre aujourd'hui ſous nos loix,
Et pour premiers ſujets ne compter que des Rois.
Tant qu'il ſe trouvera de pays à détruire,
Alexandre voudra toujours nous y conduire.

A

### SITALCE.

Oui, je crois, Philotas, que du poids de ſes fers
Alexandre prétend charger tous l'univers.

### PHILOTAS.

Quand il aura conquis, dans ſon ardeur guerriere,
Tous les Etats connus ; enfin la Terre entiere ;
Avec lui nous irons, montés ſur ſes vaiſſeaux,
Lui chercher des ſujets dans des Mondes nouveaux.
Enſuite vous verrez ce ſecond Briarée,
Tourner tous ſes deſſeins vers la voûte éthérée ;
Vouloir dans ſa fureur faire la guerre aux Cieux,
Et finir ſes exploits par déthrôner les Dieux.

### SITALCE.

Ce Prince m'a laſſé du métier de la guerre :
Qu'il aille conquérir le reſte de la terre ;
Je ſerai trop content s'il me rend mes Etats.

### PHILOTAS.

Ce Monarque, Seigneur, ne vous les rendra pas.
De quitter ſon ſervice il n'eſt jamais facile,
Lorſqu'à ſes grands deſſeins on lui paroît utile.
il devient ſéduiſant ce ſuperbe vainqueur !
Et que ne fait-il pas pour nous gagner le cœur ?
A tous ſes vieux ſoldats prodiguant ſes careſſes,
Il ſçait avec ſuccès éluder les promeſſes
Qu'il leur fait quelquefois de les licentier.
De ſes fauſſes bontés il faut nous défier ;
Lorſqu'il veut devant lui qu'on panſe nos bleſſures,
Du caprice du ſort réparer les injures,
C'eſt pour nous remener à de nouveaux combats.
Qu'il veut aller livrer dans cent autres climats.
Il n'eſt jamais flaté d'un exploit ordinaire ;
Et compte encore pour rien tout ce qu'il a pû faire.
Notre ſang répandu n'éteint pas ſa fureur ;
De nos vaillans exploits lui ſeul à tout l'honneur.
Ne verrons-nous jamais finir notre eſclavage ?
Pour percer un tyran manquons-nous de courage ?

## SITALCE.

Mais, Seigneur, devons-nous à tout évenement,
Rifquer, fans réflechir, ce coup ouvertement ?
Du Roi par trop de gens la perfonne eft gardée :
Il faudroit en fecret.....

## PHILOTAS.

Il me vient une idée.
Oui, la Princeffe Ophis, étant jointe avec nous,
Pourroit fi.... Mais on vient. Prince, retirez-vous.

---

# SCENE DEUXIEME,

## ALEXANDRE, EPHESTION, PHILOTAS.

## ALEXANDRE.

MARCHONS à Darius, amis à force ouverte !
Les Deftins à ce jour ont attaché fa perte.
Hâtons-nous de pourfuivre un Ennemi qui fuit ;
Sécondons promptement la Terreur qui le fuit.
Allons, préparons-nous encore à le combattre ;
Dans fon défordre extrême achevons de l'abatre,
Et fans étre éblouis de l'éclat des tréfors,
Foulons-les à nos pieds par de nobles efforts.
Ne nous arrêtons point aux dépouilles fanglantes
Des victimes du fort à nos yeux expirantes :
Notre valeur bien-tôt va ranger fous fes coups
Des objets plus certains, & plus dignes de nous.
A regner fur des Rois notre puiffance afpire ;
Mais, de tout l'univers ne faifant qu'un Empire,
Nous nous y conduirons en vainqueurs généreux,
Qui ne l'aurons conquis que pour le rendre heureux.
Notre fort eft d'aller de conquête en conquête.
L'Orient n'a plus rien, je crois, qui nous arrête ?

Ne foyons occupés que de ce grand objet.
Parlez, que penfez-vous de mon vafte projet?
E P H E S T I O N.
Il eft vrai, jufqu'ici la fortune conftante
N'a de vos grand-deffeins ofé tromper l'attente ;
Mais quoique de fa main elle ait conduit vos coups,
Elle peut aujourd'hui la tourner contre vous.
Le jour le plus ferain, exempt de tout nuage,
Ne prépare fouvent qu'un plus prochain orage,
Darius, que deux fois vous avez furmonté,
Peut encore traverfer votre profpérité.
Ce Monarque puiffant eft un hydre indomptable ;
En tréfors, en foldats il eft inépuifable.
Vous allez de nouveau le combattre aujourd'hui ;
La victoire une fois pourroit être pour lui.
A L E X A N D R E.
Après ce que j'ai fait, faut-il que je recule ?
Il eft mon hydre, hé bien, je ferai fon Hercule.
É P H E S T I O N.
En vous offrant fa fille, il demande la paix ;
Donnez-là-lui, Seigneur !
A L E X A N D R E.
Il ne l'aura jamais.
La paix entre nous deux iroit contre ma gloire.
P H I L O T A S.
Un Roi dont la valeur commande à la victoire,
Et qui répand par-tout la terreur & l'effroi,
A tout le monde entier doit impofer la loi.
Du Perfan, qui vous fait d'impuiffantes menaces,
Vous avez les tréfors, vous poffédez les Places,
Les Reines, fes enfans font en votre pouvoir ;
Sur quoi cet Ennemi fonde-t'il fon efpoir ?
Ramaffant les débris de fes troupes errantes,
Croit-il donc terraffer les vôtres triomphantes ?
Des foldats dépouillés font un foible foutien.
E P H E S T I O N.
N'ayant plus rien à perdre, il ne craignent plus rien.

ALEXANDRE.

La Grece en me donnant toute sa confiance,
Remet entre mes mains le soin de sa vengeance.
Pour dignement répondre à l'honneur de son choix,
Je veux faire passer la Perse sous ses loix,
Dépouiller un tel Roi, qui ne connoît la gloire.
Que pour la dégrader, par l'infâme victoire
Qu'il croyoit remporter en cherchant un soldat,
Qui voulût sur mes jours former un attentat.
Avec mille talens sa faveur est offerte
A quiconque osera l'assurer de ma perte.

EPHESTION.

Que nous apprenez-vous ? Dieux, quel cruel dessein !
De héros qu'il étoit, il devient assassin.

ALEXANDRE.

Un Prince vertueux que le Destin maltraite,
Triomphe dans mon cœur même après sa défaite ;
Mais pour un lâche Roi sans gloire & sans honneur,
Je ne puis concevoir qu'une éternelle horreur.
Non, je ne suis touché que du sort des deux Reines,
Et de tous ses enfans liés aux mêmes chaînes.

---

# SCENE TROISIEME.

ALEXANDRE, EPHESTION, PHILOTAS
*un* CAPITAINE *des Gardes.*

LE CAPITAINE.

LE s Persans, rassemblés dans l'ombre de la nuit,
Ont fait un mouvement, que leur Prince conduit.
Ils approchent, Seigneur, & déja la poussiere,
Du jour par tourbillons obscurcit la lumiere.

ALEXANDRE.

Ah ! quel charme pour moi de les voir approcher !
Nous n'aurons pas bien loin à les aller chercher.

Partons, pour prévenir l'Ennemi qui se montre ;
Qu'il nous trouve toujours allant à sa rencontre.
( à Philotas. )

Pour la garde du camp, que je ne leve pas,
Je veux laisser Sitalce avec vous, Philotas.
Que vos ordres précis marquent votre prudence,
Sur-tout avec grand soin reprimez la licence.

---

## SCENE QUATRIEME.

### EPHESTION, PHILOTAS.

### PHILOTAS.

SUR ce grand jour, Seigneur, ayons les yeux ouverts ;
Puisqu'il doit décider du sort de l'Univers.
Par nos derniers projets, si le Ciel nous seconde,
Nous allons asservir tout le reste du monde.
EPHESTION.

Oui, si tout répondoit à nos vastes desseins,
Nous verrions sous nos loix passer tous les humains,
Et la terre ébranlée au bruit d'un nouveau Maître,
D'une commune voix pour tel le reconnoître :
Mais si nos Ennemis triomphent en ce jour,
Alexandre perd tout, & le perd sans retour.
Sa puissance est déchue, & sa gloire flétrie :
Que dis-je ? avec la Grece elle est anéantie.
Le risque que ce Prince aujourd'hui va courir,
Est de ne garder rien, ou de tout envahir.
Lui seul, dans le peril qui souvent l'environne,
Ne voit dans ses projets jamais rien qui l'étonne.
PHILOTAS.

Plus le danger s'accroît, plus il est redouté ;
Rien ne peut ralentir son intrépidité.
EPHESTION.

Il brave chaque jour, enflé de ses conquêtes,
Et le fer & le feu, la mer & ses tempêtes.

Que de combats affreux tant de fois répétés !
Les Dieux de ces climats en font épouvantés ;
Et ce Roi ne l'eſt point au milieu de l'orage.
Voyant à chaque inſtant former quelque nuage ;
Prêt à fondre ſur lui ſuſpendu dans les airs,
Annoncer la terreur déja par des éclairs,
Il frappe le premier où le danger menace.

### PHILOTAS.

Le Perſan étonné frémit de cette audace ;
Ce font ces mêmes coups, lancés dans ſa fureur,
Qui conduiſent la Mort en portant la terreur.
Ayant ſur l'Univers l'autorité ſuprême,
Eh, qu'auroit-il encore à redouter ?

### EPHESTION.

lui-même.

C'eſt par ſon ordre exprès que vous gardez ces lieux ;
Pour ſa gloire & la nôtre invoquez-y les Dieux,
A Mars, à la victoire offrez des ſacrifices.
Que ces Divinités nous deviennent propices.
Si le bonheur nous luit, tout va plier ſous nous.
Je vais le ſeconder dans l'effort de ſes coups.

---

# SCENE CINQUIEME.

## PHILOTAS, SITALCE.

## PHILOTAS, *à part.*

ALLONS joindre Sitalce. Il eſt de conféquence
Qu'il ſache .... Mais tout triſte en ces lieux il s'avance !
*Haut à Sitalce.*
Prince, vous n'avez plus cette louable ardeur ;
Laiſſez-vous de votre ame éteindre la ferveur ?

### SITALCE.

Le mépris ſuit de près l'attentat effroyable
Commis en immolant un illuſtre coupable.

### PHILOTAS.

Qu'importe qu'un parti fier & préſomptueux,
Dont les raiſons peut-être ont un objet honteux,
Condamne la fureur qui tous deux nous anime;
Par où l'un nous mépriſe un autre nous eſtime.

### SITALCE.

Je ne vous parle point pour le juſtifier :
J'ai promis, il ſuffit, j'ai voulu me lier.
Je ſuis inébranlable ; & ſur cette aſſurance,
Prenez en mes ſermens entiere confiance.

### PHILOTAS.

J'ai déja prévenu les autres conjurés,
Qu'il falloit que ce ſoir ils fuſſent préparés.
Ils doivent tous ſçavoir qu'une telle entrepriſe,
Pour arriver au port, ne veut point de remiſe.

### SITALCE.

Peut-être plus que vous ſuis-je rempli d'ardeur,
Pour ſuivre ce projet digne de ma fureur ;
Mais, pour l'exécuter, votre eſprit ſi fertile
Trouve-t'il un moyen qui ne ſoit difficile ?
Pour aller juſqu'au Roi quel chemin tiendrons-nous,
Que mille bras alors ne repouſſent nos coups ?
Une foule en tous lieux entourre ſa perſonne,
Sa garde eſt un rempart qui toujours l'environne.

### PHILOTAS.

A la Princeſſe Ophis, ſur le déclin du jour,
Suivi d'Epheſtion, il va faire ſa cour.
Ce n'eſt donc que chez elle, étant là ſans eſcorte,
Qu'on pourra le ſurprendre avant qu'il en reſſorte ;
C'eſt pourquoi nous devons tâcher dès aujourd'hui
D'engager la Princeſſe à prêter ſon appui.

### SITALCE.

Quelle eſt cette eſpérance où l'erreur vous entraîne !
Et comment ferez-vous pour gagner cette Reine ?

### PHILOTAS.

C'eſt ſur les ſentimens qu'elle vous a fait voir,
Que nous devons, Seigneur, fonder tout notre eſpoir.

Du

Du côté de l'honneur je sçais qu'il faut la prendre :
Je veux que sa vertu nous immole Alexandre.

#### SITALCE.

Vous avez des moyens que je ne connois pas.
Allez donc la trouver, je vais suivre vos pas.

#### PHILOTAS.

Non, ce n'est point encor le moment qui nous presse
D'aller pour cet effet trouver cette Princesse.

#### SITALCE.

Je vais chez Enticlès, Ami, dans cet instant,
Où nous devons tenir ce conseil important.

#### PHILOTAS.

Le Ciel, qui veut punir une injuste puissance,
Emprunte notre bras pour servir sa vengeance.
Pour flatter d'un tyran & la gloire & l'espoir,
Faut-il par tant de sang cimenter son pouvoir ?

#### SITALCE.

Allons tout préparer dans ce moment terrible,
Qui doit mettre à nos pieds ce Monarque invincible.

---

# SCENE SIXIEME.

### PHILOTAS, OPHIS, ZONIME.

### OPHIS.

Q'Uest-il donc arrivé, Seigneur ? de toutes parts
Un appareil de guerre effraye nos regards :
Ces drapeaux déployés, & l'éclat de vos armes,
Répandent dans nos cœurs de nouvelles allarmes ;
Lorsque nous espérions, par des nœuds solemnels,
Accomplir un hymen aux pieds de nos autels ;
Un hymen qui devoit, dans notre état funeste,
Du débris foudroyé conserver quelque reste.
Nous voyons votre armée agir avec éclat,
Et former à l'instant un ordre de combat.

B

PHILOTAS.

Les Perſans raſſemblés viennent avec furie
Préſenter la bataille aux plaines d'Aſſyrie,
Au ſujet de l'himen offert par Darius.
Le ſilence du Roi paſſe pour un refus.
A former ces doux nœuds ſa tendreſſe l'exhorte ;
Mais l'intérêt des Grecs ſur ſon amour l'emporte.
Ils lui ſont toujours chers, il veut les ſoutenir.
Sa foi ne ſera pas ſujette au repentir.
*Ce ſeroit les trahir, dit-il, que de ſe rendre*
*Aux charmes d'un hymen dès qu'on les doit défendre,*
*Ou plutôt les venger d'un outrage commis.*
*Des Grecs mes Alliés j'en fais mes ennemis.*
*Non je ne conſens point à cette perfidie ;*
*Je dois ſacrifier mon amour & ma vie*
*Pour ce Peuple fidele, à qui je dois l'éclat*
*De mille exploits divers dans mon dernier combat.*
*La ſûreté du camp demande ma préſence ;*
Je vais en ce moment pourvoir à ſa défenſe.

## SCENE SEPTIEME.

### OPHIS, ZONIME.

### OPHIS.

CE récit, malgré moi, flate un indigne amour,
Que tes yeux pénétrans ont vû naître en un jour.
Faut-il que de tels feux ſuccédent à la haine.
Qu'a produit d'un Epoux une mort trop certaine !

### ZONIME.

Vous n'êtes point encore inſtruite de ſon ſort :
Qui peut vous aſſurer que Nicandre ſoit mort ?
Lorſqu'on a ramaſſé ces illuſtres victimes,
Pour rendre à leur valeur des honneurs légitimes,
Il ne s'eſt point trouvé parmi les malheureux ;

Le Ciel pourroit le rendre à l'ardeur de vos vœux :
Mais s'il est vrai qu'il ait fini sa destinée,
Alexandre vous offre une main fortunée ;
L'hymen vous défend-il, par ses severes loix,
Son premier nœud rompu, de faire un autre choix ?

O P H I S.

Quel conseil dangereux me donnes-tu, Zonime !
Je perdrois d'Alexandre & l'amour & l'estime,
Si j'osois consentir à former d'autres nœuds
Que celui qui m'attache à l'objet de mes vœux.
Même quand le Destin auroit tranché sa vie,
Dois-je accepter la main qui peut l'avoir ravie
Dans le desordre affreux de son dernier combat ?

Z O N I M E.

Cette main n'a jamais commis un attentat.
N'imputez qu'aux flateurs tous les nouveaux outrages,
Qui font de vos vertus autant de témoignages.
Ce mérite éclatant qu'on reconnoît en vous,
Admiré du vainqueur, vous a fait des jaloux.

O P H I S.

On n'en veut qu'à celui que le Ciel récompense,
Qui sçait de la fortune arrêter l'inconstance.
Le mérite jamais, quoiqu'il soit précieux,
Dans la calamité n'a fait des envieux.

---

# S C E N E   H U I T I E M E.

## S I T A L C E, O P H I S, Z O N I M E.

### S I T A L C E.

**L**Es forces de la Perse avec soin combinées,
Peuvent dans un seul jour changer nos destinées :
Alexandre investi, surpris de toutes parts,
Peut-il, sans succomber, affronter les hazards ?

B ij

OPHIS.

Alexandre, Seigneur, eſt toujours redoutable ;
On ſçait, par ſes exploits, ce dont il eſt capable :
La chûte de la Perſe en inſtruit l'Univers,
Et de nonveaux ſuccès vont reſſerrer nos fers.

SITALCE.

Ah ! que la liberté, que vous n'oſez prétendre,
A de puiſſans appas, dès qu'on la ſçait reprendre !

OPHIS.

Combien de fois l'amour de cette liberté
augmente l'eſclavage & la calamité !

SITALCE.

Combien de fois auſſi, par l'effort du courage,
Ne renaît-elle pas du ſein de l'eſclavage ;

OPHIS.

Après avoir en vain ſi long-temps combattu,
On ne doit oppoſer ici que la vertu.

SITALCE.

Cette même vertu, ſur qui l'eſpoir ſe fonde,
Eſt ſouvent notre foible, & par où l'on ſuccombe.

OPHIS.

Dès qu'elle ne peut rien contre tant de malheurs,
On ne doit recourir qu'à d'éternelles pleurs.

SITALCE.

Compagnon de vos fers, témoin de vos allarmes,
Que ne puis-je eſſuyer, ou retenir vos larmes !
Penſez-vous ſouffrir ſeule en ce tems malheureux ?
Le ſort qui vous pourſuit en perſécute deux.
Sans la vive douleur, dont le poids vous accable,
Je trouverois mon mal peut-être ſupportable ;
Mais dans ſon amertume en eſt-il un moyen,
Dès que je ſens enſemble & le vôtre & le mien ?
D'Alexandre jamais vous n'aurez à vous plaindre ;
Mais c'eſt d'Epheſtion que vous avez à craindre.
C'eſt lui qui de ce Prince a corrompu les mœurs,
Qui gâte ſon eſprit, & qui fait nos malheurs.
A ſa propre fureur vous ſeriez immolée,
Si ſa haine pour vous n'eût été dévoilée.

De tels Adulateurs font la perte de Rois :
On les a vûs par eux égarer tant de fois.
On doit tout imputer aux affreuses maximes
De ces fauſſes vertus qui conduiſent aux crimes.
Contre ſes attentats réuniſſons-nous tous ,
Rallumons à l'envie notre juſte courroux.

## O P H I S.

Je paſſe chez la Reine , où nous devons attendre
La chûte de la Perſe , ou celle d'Alexandre.

# SCENE NEUVIEME.

## SITALCE *feul.*

PRest à frapper ce coup trop long-temps attendu ,
Mon bras déja levé demeure ſuſpendu.
Les deux Rois ſont aux mains , & du combat l'iſſue
Va ſans doute fixer mon ame irréſolue.
Ne balance donc point , Sitalce , entre les deux ;
C'eſt pour le Roi Perſan qu'il faut faire des vœux.
Ton ſouhait à préſent n'eſt que trop légitime ,
Et Darius vainqueur va t'épargner un crime.
Alors tout glorieux librement tu pourras ,
Sans commettre un forfait , rentrer dans tes Etats.
Non je ne puis ſouffrir qu'Alexandre périſſe ,
De ſes jours à la paix qu'on faſſe un ſacrifice.
Eh , pourrai-je oublier tout ce que je lui dois !
Quand ce Monarque mit la Thrace ſous ſes loix ,
Alors il l'arracha d'une main étrangere ,
D'un tyran qui la prit , en maſſacrant mon Pere.
Par un ami ſecret je lui fus préſenté.
Ce Prince , en m'embraſſant , me dit avec bonté :
*Je n'ai pris vos Etats , qu'afin de vous les rendre ,*
*Quand ſous moi vous aurez appris à les défendre.*
Mais de ce qu'il a fait pour moi juſqu'aujourd'hui
Je crois , ſans me flatter , être quitte envers lui.

Je me fuis fignalé dans les champs de Bellone ;
J'ai ma part aux lauriers que ce Héros moiffonne :
Pourroit-il donc l'ingrat me remettre trop-tôt
Un fceptre qu'il dit n'être en fa main qu'en dépôt ?
Seroit-il décidé dans mon ame étonnée
Que je dois en profcrit traîner ma deftinée ?

*Fin du premier Acte.*

# *ACTE SECOND.*

## SCENE PREMIÈRE.

SYSIGAMBIS, OPHIS, STATIRA, ZAMINTE.

### SYSIGAMBIS.

LA bataille se donne, hélas! presque à nos yeux,
Et l'on n'en voit personne arriver dans ces lieux!

### OPHIS.
Bien-tôt Sysigambis en aura des nouvelles.

### SYSIGAMBIS.
Je suis, ma chere Ophis, dans des peines cruelles.

### OPHIS.
Le fidele Persan, sans être rebuté,
Veut verser tout son sang pour votre liberté.

### SYSIGAMBIS.
Ah! faut-il à ce prix, Madame la reprendre!
Restons, restons plutôt au pouvoir d'Alexandre:
Que de braves soldats qui combattent pour nous,
Expirent à l'instant percés de mille coups!
Eh! peut-être mon fils, couché sur la poussiere,
Voit dans ce même instant terminer sa carriere.

### STATIRA.
Notre frayeur, Madame, outrage nos Persans;
Et peut-être vont-ils arriver triomphans.

### SYSIGAMBIS.
Que vous êtes peu propre à calmer nos allarmes,
Puisque vos yeux ne font que répandre des larmes!
Vous sentez, je le vois, quel sera notre sort,
Si l'ennemi se trouve encore le plus fort.

OPHIS.

Vous reprendrez, sans doute, ainsi qu'on le desire,
Avec la liberté les rênes de l'Empire.

## SCENE DEUXIEME.

SYSIGAMBIS, OPHIS, SITALCE, STATIRA,
ZAMINTE, ZONIME.

### SITALCE, ( à *Sysigambis*. )

EH! Madame, cessez de répandre des pleurs!
Je viens vous annoncer la fin de vos malheurs.
Alexandre est vaincu, vos soldats pleins de rage,
Font de vos ennemis un horrible carnage.
Je les ai vû passer tous chargés de butin.
La victoire est à vous, le fait en est certain.
L'invincible à son tour, déplorant sa défaite,
Ne songe plus qu'à faire une prompte retraite

SYSIGAMBIS.

Ah! ne nous flattons point avant l'évenement!
Prince, vous conviendrez qu'il ne faut qu'un moment
Pour des mains du vainqueur arracher la victoire.

SITALCE.

Un tel bonheur, Madame, à peine à se faire croire;
Mais vous allez bien-tôt voir vos braves guerriers
Arriver devant vous tout couvert de lauriers.
Peut-être, que sçait-on? ici l'on va conduire
L'implacable ennemi de ce puissant Empire,
Qui, de ces mêmes fers qu'il vous a fait donner,
Aura le triste sort de se voir enchaîner.

SYSIGAMBIS.

Et quelle certitude a-t-on de sa ruine?

SITALCE.

A la croire certaine enfin tout détermine.
Les Macédoniens & les Grecs dispersés,
Du succès du combat nous en disent assez.

Les

Les Perſans ont chargé de front & par la droite;
Avec tant de fureur, qu'on a vû la défaite
De ce fier Ennemi qui vous faiſoit la loi :
Pendant quelques momens il a donné l'effroi,
A la charge trois fois il mene ſa Phalange,
Qui, toujours repouſſée, à la fin ſe dérange.
Les Thraces ont paru rétablir le combat ;
Voyant les rangs forcés, leur courage s'abat ;
L'épouvante ſuccede à leur ardeur guerriere,
Et la déroute enfin ſe trouve toute entiere.
Vers le camp le déſordre en hâte les conduit.
Darius triomphant, dit-on, les y pourſuit.
Ici de tous côtés on va bien-tôt ſe rendre.

SYSIGAMBIS.

Grand Dieux ! ſi Darius a défait Alexandre,
S'il voit de ce grand Roi les lauriers abatus,
Donnez-lui d'imiter ſes ſublimes vertus !

SITALCE.

Madame, il étoit temps, pour ſauver la Patrie,
D'arrêter de ce Roi la rapide furie.
Le Ciel vient de ſouffler ſur ſon vaſte projet :
Peut-être qu'à préſent il eſt votre ſujet.
Si ce ſecond Alcide avoit pû vous abattre,
Il n'avoit déſormais plus beſoin de combattre;
Pour dompter l'Univers, ce Prince ambitieux,
N'avoit plus qu'à montrer ſon fer victorieux :
De ce fier Conquérant la ſeule renommée
Alloit par tout pays lui tenir lieu d'armée ;
Enfin du monde entier tous les Rois étonnés
Devant ce nouveau Dieu ſe ſeroient proſternés :
Tout tomboit ſous ſes coups, & ſon ardeur guerriere
Auroit vû ſous ſes loix trembler la terre entiere.
J'ai ſouvent pour ce Roi combattu contre vous ;
Mais c'étoit à regret que je portois mes coups.
Vos ſuccès ont pour moi de véritables charmes ;
Tous mes vœux ſont tournés du côté de vos armes.

SYSIGAMBIS.

Vous vous intéreſſez au ſort des Malheureux,

C

La pitié vous saisit & vous touche pour eux.
S I T A L C E.
Sur la force du camp le soldat se repose,
A le défendre bien Philotas se dispose.
Je vais sans différer conférer avec lui.
S Y S I G A M B I S. (*à Ophis*)
Allez-voir ce qu'il vont décider aujourd'hui.

# SCENE TROISIEME.

SYSIGAMBIS, STATIRA, PHILOTAS, ZAMINTE,

P H I L O T A S *à Sysigambis.*

U N soldat devançant la prompte Renommée,
Se présente, Madame, arrivant de l'armée ;
Et porteur d'un secret vous intéressant tous,
Demande qu'on l'amene à l'instant devant vous.
S Y S I G A M B I S.
Qu'il entre.

# SCENE QUATRIÈME.

SYSIGAMBIS, STATIRA, PHILOTAS, ZAMINTE,
UN SOLDAT.

S Y S I G A M B I S *au Soldat.*

A PPROCHEZ-vous, & venez nous apprendre
S'il est vrai que mon fils ait défait Alexandre.
Quel mouvement subit vous présente à nos yeux ?
Quel sujet vous amene effrayé dans ces lieux ?
Vous avez, je le vois, de fâcheuses nouvelles
A nous dire.

S T A T I R A.

Votre air nous les annonce telles.

S Y S I G A M B I S.

Eft-on encore aux mains ? Sçavez-vous notre fort ?
La bataille eft perdue, ou Darius eft mort.

L E  S O L D A T.

L'un & l'autre, Madame, eft un fait véritable.
La victoire pour nous toujours inexorable,
Pour rendre nos malheurs plus durs & plus conftans,
D'un avantage égal nous a flatés long-temps ;
Et même on avoit cru la bataille gagnée,
Le bruit en a couru dans l'une & l'autre armée :
Le deftin tout d'un coup fe tourne contre nous,
Et le Roi tombe mort percé de plufieurs coups.
La crainte de le voir privé de fépulture, *
M'a fait imprudemment raconter l'aventure.
Hâtez-vous d'y pourvoir. Son corps eft confondu ;
Si vous le demandez, il vous fera rendu.

P H I L O T A S.

Soldat, retirez-vous vers la garde prochaine ;
Par des malheurs douteux vous affligez la Reine.

( *à Syfigambis.* )

Rien de plus incertain que cet évenement.
Je vais m'en éclaircir dans ce même moment.

---

# SCENE CINQUIEME.

## SYSIGAMBIS, STATIRA, ZAMINTE,

### SYSIGAMBIS.

**D**IEUX, qui nous pourfuivez avec tant de furie,
Pour mieux la fignaler vous me laiffez la vie !
Si vous étiez touchés des rigueurs de mon fort,

---

* On tenoit à grande ignominie d'être privé des honneurs de la fépulture.

Vous le termineriez par une prompte mort.
Je la fçaurois trouver dans mon malheur extrême,
Avant d'en recevoir de vous l'ordre suprême.
                    STATIRA.
Un grand cœur doit toujours braver l'adverſité :
Le courage renaît de la calamité.
Se livrer ſans réſerve à l'affreuſe triſteſſe,
Le déſeſpoir alors devient une foibleſſe.
Dans de tels coups du ſort dévorons nos douleurs,
Il ne nous reſte plus qu'à chercher des vengeurs.
                    SYSIGAMBIS.
Mais de tels ſentimens produits par la nature
Se combatent entre-eux pour une ſépulture.
Des mânes de mon fils j'entens déja la voix
Reclamer les honneurs que l'on rend à des Rois.
Peut-être, pour avoir les ordres d'Alexandre,
Juſqu'à le ſupplier me faudra-t'il deſcendre.

---

# SCENE SIXIEME.

SYSIGAMBIS, STATIRA, EPHESTION, ZAMINTE,

## EPHESTION.

MADAME, en cet inſtant un vainqueur généreux,
    M'ordonne de venir vous trouver en ces lieux,
Pour calmer la douleur que reſſent une Mere,
Lorſqu'elle croit ſon fils à ſon heure derniere.
Ce Roi, que vous pleurez aujourd'hui comme mort,
N'a point, comme on l'a dit, ſubit ce triſte ſort.
Il eſt vrai, l'on a vû ſon caſque & ſa ceinture
Qui faiſoit d'un ſoldat l'éclatante parure.
Frappé de cet objet, chacun dans cet inſtant
Décide qu'il n'eſt plus, & le bruit ſ'en répand.
Mais cette erreur, Madame, auſſi-tôt ſ'eſt détruite,
Par quelques priſonniers arrêtés à ſa ſuite,

Dans le fort du combat son casque étincelant
Vole par ses efforts jusques dans notre rang;
Un soldat l'a trouvé roulant dans la poussiere;
A divulguer sa mort il a donné matiere.
S'étant trop exposé, les nôtres l'ont surpris;
On a vû le moment qu'il alloit être pris.
Il va vers le Licus, * pour gagner la Médie;
De chefs & de soldats sa personne est suivie.
Des montagnes sans nombre offrent de vrais remparts,
Où nous ne sçaurions plus affronter les hazards
C'est-là que le vaincu peut trouver un asyle,
Où l'accès d'une armée est toujours difficile.

### SYSIGAMBIS.

Je veux croire avec vous que mon fils n'est pas mort;
Mais après sa défaite a-t'il un meilleur sort?
Un Roi qui se voyoit tant d'Etats en partage,
Où plusieurs Souverains venoient lui rendre hommage,
Se voir réduire à fuir ainsi qu'un criminel,
Qui profane des Dieux le culte solemnel:
Qui n'est en sûreté nulle part dans l'Asie,
Où sa volonté sainte étoit toujours suivie;
Annoncez-moi plutôt son glorieux trépas;
Du moins à ses malheurs il ne survivroit pas.

### EPHESTION.

Quoique le sort contraire en tout le persécute,
Vous verrez quelque jour adoucir cette chûte.
Les Dieux peuvent changer l'ordre de son destin,
Faire luire pour lui quelque jour plus serain.
Dans peu vous allez voir arriver Alexandre:
Connoissant ses bontés, vous pouvez y prétendre.
Si l'intérêt des Grecs ne gênoit ses desirs,
Son cœur ne tiendroit point contre vos déplaisirs.
J'entens venir quelqu'un, c'est peut-être lui-même.

### SYSIGAMBIS.

O Dieux! en le voyant, ma douleur est extrême!

* Riviere.

## SCENE SEPTIEME.

ALEXANDRE , SYSIGAMBIS, STATIRA, PHILOTAS ,
EPHESTION , ZONIME.

### ALEXANDRE *à Syſigambis.*

Madame, mes exploits ne m'offrent rien de doux,
Lorſque ſur vos malheurs je m'afflige avec vous.
Je connois vos vertus. Le ſort , qui vous opprime ,
Confond dans votre ſang l'innocence & le crime.
Je ſens ſon injuſtice , & vois par ſes rigueurs ,
Qu'il ſembleroit vouloir éterniſer vos pleurs ;
Mais dès qu'il vous remet, Madame, en ma puiſſance ,
Je ſçaurai contre lui prendre votre défenſe.
Je voudrois adoucir vos peines en ce jour ,
Vous rendre ſupportable un ſi triſte ſéjour.
Ordonnez en ces lieux toujours en ſouveraine :
Le même éclat vous ſuit, vous êtes toujours Reine :
Vous n'êtes point ici parmi vos ennemis,
Et tout juſques à moi vous y ſera ſoumis.

### SYSIGAMBIS.

Grand Roi, je m'étois fait une image terrible
D'un héros tel que vous, ſous ce nom d'invincible.
Comment accordez-vous cette noble fierté,
Cette douceur d'eſprit & tant de majeſté ,
Avec la renommée en tous lieux répandue ?
De la terreur du monde on la voit confondue
Dans la bonté du cœur, & dans l'humanité.
Ce n'eſt point où l'on trouve un Prince redouté :*
Mais ce que fait pour moi votre ame généreuſe ,
Dans l'état où je ſuis, ne peut me rendre heureuſe.
De ma grandeur paſſée oubliez tout l'éclat ;

* Dans ce moment une femme conduit ſur la Scène deux enfans de Darius
qui vont ſe placer à côté de Syſigambis.

Je fuis votre captive, & voilà mon état.
Je ne veux rien pour moi, Seigneur, je vous l'attefte ;
Je vous demande tout en faveur de ce refte *
Que vous voyez ici fous le poids de vos fers,
Gémir, fervir d'exemple aux Rois de l'univers.
Tout retentit, Seigneur, du fuccès de vos armes ;
Nous ne pouvons, hélas ! y mêler que dés larmes !
Tout annonce l'éclat qui vous fuit en tous lieux.
Souffrez que nos douleurs en détournent les yeux :
Qu'en notre pavillon nous foyons renfermées,
Et que vos ordres feuls y donnent les entrées.

---

# SCENE HUITIEME.

### ALEXANDRE, EPHESTION, PHILOTAS.

### ALEXANDRE.

QUELQU'UN jufqu'à leur tente auroit pû pénétrer ;
Sans leur ordre auroit-il ofé fe préfenter ?
C'eft un temple facré, féjour de l'innocence ;
Tout doit le révérer jufques à ma puiffance.
Tout dans un camp vainqueur peut bleffer leurs regards :
Qu'une garde nombreufe y forme des ramparts.
Si de quelques exploits nous célebrons la gloire,
Ecartons de leurs yeux l'éclat de la victoire.
Je dois tous ces égards à leur augufte rang,
Euffent-elles des Grecs épuifé tout le fang.
Mais non, elles ne font que d'illuftres victimes,
Ayant part aux malheurs, fans en avoir aux crimes.
Un fort fi rigoureux a fçu toucher mon cœur,
Jufques à dédaigner le titre de vainqueur.
Je voudrois l'oublier, ô Ciel, s'il eft poffible !
A leur malheur préfent qui ne feroit fenfible ?
Donnons de la douceur à leur captivité,
Si l'on peut en jouir dans la calamité.

* Montrant fa famille.

Que l'éclat des grandeurs toujours les environne,
Ainſi qu'elles étoient ceintes de leur couronne.
Offrez-leur ce reſpect, & les mêmes honneurs
Qu'ici vous pourriez rendre à ma mere, à mes ſœurs.
Après tant de travaux préſens à ma mémoire,
Nous ſommes parvénus au comble de la gloire.
Chacun en a ſa part juſqu'au dernier ſoldat ;
Je n'en prétends pas plus dans un jour de combat.
Quel moyen de ravir celle qui vous eſt dûe !
Ma valeur ſans la vôtre eût été ſuperfluë.
Ayant toujours enſemble affronté le danger,
Les fruits de nos exploits doivent ſe partager.
Si la Perſe par eux nous ouvre ſon Empire,
Si ſon farouche orgueil ſous ma puiſſance expire,
Si l'Aſie à genoux reçoit par-tout mes loix,
Si je vois à ma ſuite une foule de Rois ;
J'ai trop payé l'honneur du progrès de mes armes,
Par un ſang qui me coûte aujourd'hui tant de larmes.
Allons, amis, allons dans ce terrible jour,
Voir ceux qu'un tendre ſoin peut rendre à mon amour.
Sçachons ſi dans l'inſtant tout le monde s'empreſſe
Auprès de ces bleſſés objets de ma tendreſſe.
Allons que je me rende à l'inſtant en ces lieux :
Que ces chers compagnons ſoient panſés ſous mes yeux.

*Fin du ſecond Acte*

*ACTE TROISIEME*

# ACTE TROISIEME.

## SCENE PREMIERE.

ALEXANDRE, OPHIS, EPHESTION, ZONIME,

### ALEXANDRE.

LA victoire aujourd'hui, que ma puiſſance enchaîne,
Sembloit au champ de Mars demeurer incertaine;
Après avoir enfin fecondé ma valeur,
Je viens vous la foumettre ainſi que le Vainqueur.
Ayant de l'Orient renverſé les barrieres,
Je ne vous offre point des lauriers ordinaires.
Madame, vous ſçavez quels ſont mes ſentimens,
Faut-il les revêtir de la foi des ſermens?

### OPHIS.

Je demeure interdite, & peut-on jamais croire
Qu'un Héros tel que vous, du ſein de la victoire,
Attache ſon bonheur à captiver les vœux
D'une trifte Princeſſe efclave dans ces lieux,
Réduite à foupirer fous le poids de vos chaînes!
Rien ne peut apporter de douceur à mes peines.
Je dois toujours pleurer la perte d'un époux,
Qui devoit avec moi couler des jours ſi doux,
La mort me l'a ravi dans le fort de l'orage,
Lorſque votre fureur manifeſtoit ſa rage.
C'eſt à vous que je dois imputer ſon trépas.
Voyez ſi votre hymen doit avoir des appas
Pour ce cœur languiſſant plongé dans la trifteſſe,
Qui veut à ſes ennuis s'abandonner ſans ceſſe.
Je ne connois plus qu'eux dans ce trifte féjour.
Où regne la terreur quel pouvoir a l'Amour?

D

ALEXANDRE.

Cette auftere vertu vous rendra trop farouche,
S'il faut qu'aucun bienfait de ma part ne vous touche.
Envain je prétendrois combattre vos erreurs,
Étant trop obftinée à m'imputer vos pleurs :
Et fans examiner que c'eft le fort des armes
Qui fait les malheureux dans de telles allarmes,
Vous voulez m'accabler du poids de tous vos maux,
Et mêler l'amertume au fruit de mes travaux.
Je les confacre tous au bonheur de vous plaire.
De votre dureté rien ne peut vous diftraire ;
D'un œil indifférent vous voyez chaque jour
Ce refpect, ces honneurs qu'on vous rend dans ma Cour.

O P H I S.

Ces honneurs apparens, fouvent mis en ufage,
Ne font à des captifs qu'un pompeux efclavage,
Dont l'éclat dangereux toujours les éblouit,
Si le reffentiment eft une fois féduit.

A L E X A N D R E.

Quoi, malgré mes bontés le vôtre ofe paroître ?
Rien de ce que je fais ne peut s'en rendre maître !

O P H I S.

Laiffez-le déformais, fans être combattu :
Il fait toute ma gloire, il foutient ma vertu.
C'eft même devant vous que je veux qu'il s'anime,
Dès que je dois par lui mériter votre eftime.
C'eft affez que le fort m'ait mife fous vos loix,
Sans chercher à me vaincre une feconde fois.
D'avoir tout à pleurer, & ne pouvoir fe plaindre,
Eft ce que dans vos fers il eft honteux de craindre.

A L E X A N D R E.

Dans cette crainte, hélas ! où je crois entrevoir
Que je pourrois fonder aujourd'hui quelque efpoir,
Je vois en même-temps qu'elle n'eft fufcitée
Que par l'âpre courroux dont elle eft empruntée,
Qui jaloux du progrès, reconnu chaque jour,
Craint de ne pas affez allarmer mon amour.
Pourquoi nourrir, Madame, un defir de vengeance ?

Ce font des fentimens dont la vertu s'offenfe.
Quand vos armes par-tout foutenoient Darius,
Jétois votre ennemi ; mais je ne le fuis plus.
Le fort dans les combats fait pencher l'avantage ;
D'avoir été vaincu , ce n'eft pas un outrage.

OPHIS.

C'en eft un que l'auteur de nos plus grands malheurs
Prétende avoir nos vœux , & regner fur nos cœurs.
Dès que vos armes ont remporté la victoire ,
Que manque-t'il , Seigneur, à ce genre de gloire ?

ALEXANDRE.

Je n'ai rien fait encore , Madame, ô Ciel !

OPHIS.

　　　　　　　　　　　　　　Pourquoi ?

ALEXANDRE.

Je n'ai point triomphé ni de vous ni de moi.
Sur ce que mon amour a defiré d'entendre ,
Vous m'en dites bien plus que je n'en veux apprendre.
Allez , Madame , allez confulter à loifir
Si vous n'expofez point votre ame au repentir.

---

## SCENE DEUXIEME.

### ALEXANDRE, EPHESTION.

### ALEXANDRE.

SITALCE arrive-t'il ?

EPHESTION.

　　　　　　　　Seigneur , il va fe rendre.

Je l'ai fait avertir.

## SCENE TROISIEME.

### SITALCE, ALEXANDRE, EPHESTION.

### ALEXANDRE.

J'ETOIS à vous attendre,
Lorsque j'ai reconquis, Seigneur, tous vos Etats,
L'espoir de m'aggrandir ne poussa point mon bras.
Phares les envahit du regne de vos peres ;
Vous passâtes alors dans des mains étrangeres.
Les armes du Vainqueur n'épargnerent que vous,
Le reste fut détruit sous ses funestes coups.
Chaque Prince à l'envi se disputoit la gloire
D'arracher de ses mains une telle victoire ;
Le sort la réservoit à mes premiers exploits,
En faisant sous mes coups succomber tant de Rois ;
Et j'aurois à rougir d'un si noble avantage,
Si j'allois différer d'en faire son usage.
Tous ces vastes Etats ne sont pas fait pour moi ;
Je leur rends aujourd'hui leur légitime Roi.
Regnez, Prince, regnez sur un peuple fidele ;
Benissez ses travaux, récompensez son zèle.

### SITALCE.

Ce traitement, Seigneur, est des plus généreux,
Et vous n'êtes content qu'en faisant des heureux.
Je puis aveuglément sans aucune bassesse,
D'un cœur si magnanime accepter la largesse,
Non comme un bien rendu, mais comme un vrai présent;
Je dois à vos bontés un cœur reconnoissant.
D'esclave que je suis, vous voulez que j'espere
Aujourd'hui de monter au Trône de mon pere.
Je vous devois assez d'avoir puni, Seigneur,
Son cruel ennemi, son lâche usurpateur,

D'avoir fait fur ce monftre éclater la tempête,
Et de tous fes Etats une jufte conquête.
> ALEXANDRE.

Vous devez mes bienfaits, fi vous êtes content,
Bien moins à mes bontés qu'au mérite éclatant
D'un Prince à qui je dois peut-être davantage,
Ayant pour mon fervice employé fon courage.

---

# SCENE QUATRIEME

ALEXANDRE, SITALCE, EPHESTION, PHILOTAS,
*nn* CAPITAINE *des Gardes.*

## LE CAPITAINE.

ON emmene, Seigneur, nombre de prifonniers,
Les femmes, les enfans de plufieurs Officiers,
Des illuftres Perfans, & même plufieurs Princes.
> ALEXANDRE à *Epheftion.*

Il faut les difperfer dans diverfes Provinces.
> LE CAPITAINE.

Leur cortege eft immenfe, & marche vers ces lieux.
> ALEXANDRE.

Que les plus diftingués foient offerts à mes yeux.

---

# SCENE CINQUIEME.

SITALCE, PHILOTAS, *regardent par-tout.*

## PHILOTAS.

HE bien, vous voilà Roi fans le fecours d'un crime.
Qu'un préfent que vous fait un Prince magnanime
Ne vous détache point du projet concerté.

Au moment de frapper le coup prémédité,
Vous prétendez , Seigneur, avoir une couronne ;
Prenez-là fans fouffrir qu'un Vainqueur vous la donne.
La tenant de fa main , alors elle ne fait
D'un Monarque puiffant qu'un illuftre fujet.
Il céde , il eft certain , le fruit d'une victoire ;
Mais ce n'eft point à vous . . . . .

SITALCE
A qui donc ;

PHILOTAS.
A la gloire.

SITALCE.
Ce beau trait , dont l'éclat réflechit tout fur lui ,
Quelque brillant qu'il foit ne m'a point ébloui.
Je pefe vos raifons , dont la force épouvante ;
Mais vous ne dites pas , Seigneur, la plus puiffante.
Sitalce eft enflammé d'un amour fans égal ,
Et j'ai dans Alexandre un dangereux rival.
Ami, plus que jamais hâtons cette entreprife ;
Notre coup eft manqué s'il eft une remife :
Prévenons donc Ophis , pour qu'on puiffe ce foir . . . .

PHILOTAS.
Non, ce n'eft point encore l'heure qu'on doit la voir.
Vous fçavez les moyens que nous avons à prendre ;
Obfervons-en bien l'ordre , & fçachons nous entendre.

SITALCE.
Etes-vous bien certain de la fidélité
De tous les Conjurés & de leur fermeté ,
Pour fuivre jufqu'au bout ce projet falutaire ?

PHILOTAS.
Aucun d'eux n'en pourra dévoiler le myftere.
Oui, tout nous eft garant aujourd'hui du fecret ;
Notre falut , nos jours en demandent l'effet.
Etant fur le penchant d'une telle carriere ,
On ne peut s'arrêter , retourner en arriere :
Je vais en ce moment apprendre aux Conjurés ,
Qu'à nos projets vos foins font toujours confacrés :
Que rien ne peut changer l'efpoir qui nous anime :

Que nous agiſſons tous d'un eſprit unanime,
Pour que l'on ſe prépare à porter au Vainqueur
Ce coup qui fait lui ſeul notre plus grand bonheur.

## SCENE SIXIEME.

### SITALCE *ſeul.*

GUIDÉ par la lueur d'une fauſſe lumiere,
On eſt dans les horreurs au moment qu'elle éclaire.
De tout ce que je ſens rien ne me ſatisfait ;
Je déteſte le crime, & médite un forfait.
Je ne puis ſur mes ſens reprendre aucun empire,
Je crains de réuſſir dans ce que je deſire ;
Faut-il que je condamne à périr aujourd'hui
Un Roi, quand ſes bienfaits oſent parler pour lui ?
Que dis-je ? Dans un temps où le péril nous preſſe,
Céder à des remords n'eſt qu'un trait de foibleſſe :
A l'aſpect du danger ſe trouver arrêté ;
Balancer ſon deſſein, eſt une lâcheté.
Mais non. C'eſt ma vertu qui m'inſpire ſans doute,
Que la crainte combat, que le crime redoute.
Je vais en ce moment, incertain, plein d'effroi,
Sans ſçavoir ſi je dois perdre ou ſauver le Roi.

## SCENE SEPTIEME.

### SITALCE, OPHIS, ZONIME.

#### OPHIS.

VOUS allez donc monter au trône de vos Peres,
Et d'un peuple abbattu réparer les miſeres.
#### SITALCE.
Le bonheur de la Thrace eſt l'objet de mes vœux ;

Sans sa félicité je ne puis être heureux.

Que de soins différens exige un vaste empire !

Au gré de ses desirs je voudrois le conduire.

Je monte à ce haut rang , où la faveur des Dieux

A placé par leur choix plusieurs de mes Ayeux.

Quoi qu'ils eussent le droit de pouvoir y prétendre,

Ces mêmes Dieux souvent les en ont fait descendre.

### O P H I S.

Sous un joug étranger un Peuple est étonné,

Quelque léger qu'il soit il en est consterné.

Vous ne recevez pas avec assez de joie

Ce changement de sort que le Ciel vous envoie.

Vous voyez couronner vos illustres travaux,

Vous jouirez en paix des douceurs du repos.

### S I T A L C E.

Cette même faveur que je dois reconnoître ,

M'impose pour jamais un véritable Maître.

Sa force & ses vertus, soumettant l'Orient ,

Quel Roi pourra se dire alors indépendant ?

Ses bienfaits éclattans du sein de l'opulence,

Ainsi que ses exploits cimentent sa puissance.

### O P H I S.

Je crois que l'univers dans son immensité ,

Offre à tous ses travaux un champ trop limité.

### S I T A L C E.

Vous avez ordonnez , Madame , en ma présence

Qu'on sçache si quelqu'un n'a pas eu connoissance

Du sort infortuné du Prince votre époux.

Parmi les prisonniers arrivés avec nous

Il s'en trouve aujourd'hui de cette même armée,

Que le destin contraire a toujours opprimée ,

Qui l'ont vû , disent-ils , combattre dans Issus,

Où ce Prince sembloit avoir pris le dessus ;

Mais Alexandre vint , suivi de la victoire.

Par eux vous apprendrez le reste de l'histoire. *

---

* Il se présente deux prisonniers ; mais Nicandre fait signe de la main à l'autre de s'en aller.

SCENE

## SCENE HUITIEME.

OPHIS, NICANDRE, ZONIME,

O P H I S *à part.*

JE crains de lui parler en ce jour malheureux ;
Il m'en dira, je crois, bien plus que je ne veux.
Mais que vois-je ? Grands Dieux ! Nicandre, est-il possible,
C'est vous. A ce plaisir je me sens trop sensible
Pour être dans l'erreur. Par quels évenemens
Le Ciel vient-il vous rendre à mes embrassemens ?
### N I C A N D R E.
Vous voyez devant vous, mon aimable Princesse,
Un époux malheureux qui vous pleuroit sans cesse.
Dans quels gouffres de maux le Destin m'a conduit !
Je m'éloignai de vous en cet état réduit.
Mes troupes ont péri, n'ayant plus de retraite,
Hors deux mille soldats, reste de ma défaite.
Avec eux je venois, par un nouvel effort,
Me joindre à Darius, tenter un autre sort,
Je suis fait prisonnier, connu dans cette armée
Pour un chef de parti de haute renommée.
On me mene en ces lieux suivant l'ordre du Roi,
Où je suis prisonnier seulement sur ma foi.
### O P H I S.
Cher Prince, enfin le Ciel veut que je vous revoie ;
Je ne puis exprimer tout l'excès de ma joie :
Mais à ces doux transports succede une frayeur,
Sur ce que vous risquez en ces lieux pleins d'horreur.
Gardez-vous bien, Seigneur, de vous faire connoître;
Dans ce temps orageux vous péririez peut-être.
Dès que depuis long-temps le Roi vous fait chercher.
Plus que jamais, Seigneur, vous devez-vous cacher.
Il est dans cette Cour des monstres sanguinaires,

E

De ce Roi redouté Conseillers ordinaires,
Dont le subtil poison a corrompu le cœur,
Et qui font un Tyran d'un généreux vainqueur ;
Qui par raison d'Etat le conduisent au crime,
Ce qui n'en est que l'ombre en devient la victime :
Enfin, il est encore d'autres raisons, hélas !
Pour n'être point connu que je ne vous dis pas.

NICANDRE.

Quel parti prendre, ô Ciel ! dans notre état terrible !
De quitter ce séjour nous seroit-il possible ?

OPHIS.

Pour parler ce n'est point le moment ni le lieu.
On vient, retirez-vous. Adieu, cher Prince, adieu.

---

# SCENE NEUVIEME.

## OPHIS, STATIRA, ZONIME.

### STATIRA.

TOUT retentit, Madame, ( on a pû vous l'apprendre)
Des bienfaits que Sitalce a reçus d'Alexandre.
Le bonheur qu'il ressent cause un plaisir si vif....

OPHIS.

Il le goûteroit mieux, s'il n'étoit excessif.
Les sens, pour bien agir, ne veulent rien d'extrême ;
Etant tout à sa joie, il n'est plus à lui-même.

STATIRA.

Un trait si généreux, brillant de trop d'éclat,
Peut exposer ce Prince au danger d'être ingrat.
Même, si j'en dois croire un bruit sourd qui s'éleve,
Sitalce est criminel. Ah ! faut-il que j'acheve !
Il vouloit attenter, par un complot formé,
Sur les jours d'un Héros qui l'avoit trop aimé.

ZONIME *à Ophis.*

On assure, Madame, oserois-je le dire ?

Qu'Ophis à ce complot a bien voulu foufcrire,
### O P H I S.
On fe trompe, & bien-tôt le fait s'éclaircira.
### Z O N I M E à *Statira.*
Et de plus, pour complice on nomme Statira.
### S T A T I R A.
Qui, moi complice, ô Ciel!
### Z O N I M E.
Mais on le croit, Madame ;
On dit que vous fçaviez le complot qui fe trame.
De tout ce que j'apprends je dois vous faire part.
Contre vos ennemis faites-vous un rempart.
### S T A T I R A.
Non, rien n'en eft venu jufqu'à ma connoiffance,
Qui fût du moins fuivi de quelque vrai-femblance.
Courons . . . .
### O P H I S.
Non, arrêtez. Je vais vous éclaircir ;
A vous tirer d'erreur je pourrai réuffir.
### S T A T I R A.
Quelle eft cette entreprife, ou plutôt le myftere,
Que renferme un difcours . . . .
### O P H I S,
Je vais vous fatisfaire.

----

# S C E N E   D I X I E M E.

### OPHIS, STATIRA, ZONIME, ZAMINTE,

#### Z A M I N T E à *Statira.*

TOUT eft perdu, Madadame ! On voît de tous côtés
Des Gardes, des Soldats, à pas précipités,
Courir dans cette enceinte où l'on nous environne :
*Arrêtez*, difent-ils, *Ne refpectez perfonne.*
Je tremble de frayeur dans ce boulverfement.

Qu'eſt-il donc arrivé dans cet affreux moment ?
On dit que Philotas, Enticlès, Epimenes ,
Agaton , Entius , ſont déja dans les chaînes.

## SCENE ONZIEME.

OPHIS, STATIRA, ZAMINTE, ZONIME,
*un* CAPITAINE *des Gardes*, GARDES.

### LE CAPITAINE.

DEs ordres ſouverains qui vous regardent tous,
Veulent que dans l'inſtant je m'aſſure de vous.
### OPHIS,
O Ciel ! Quelles horreurs !
### STATIRA.
Dieux ! Prenez ma défenſe ?
Laiſſerez-vous toujours opprimer l'innocence ?

*Fin du troiſieme Acte.*

# *ACTE QUATRIEME.*

## SCENE PREMIERE.

### SYSIGAMBIS, ALEXANDRE, EPHESTION, ZAMINTE.

### SYSIGAMBIS.

FAUT-IL que le Destin, même après notre chute,
Par de nouveaux malheurs, Seigneur, nous persécute?
Vous avez adouci dans notre adversité,
L'amertume attachée à la captivité ;
Vos soins ont satisfait votre délicatesse.
J'admire, malgré moi, les vertus, la noblesse
D'un Prince généreux, qui du premier abord,
Parut un ennemi touché de notre sort,
A tel point que son cœur y devint si sensible,
Qu'il l'eût fait oublier, s'il eût été possible.
J'ai donc lieu d'esperer qu'un héros tel que vous,
Même dans sa fureur, va suspendre ses coups :
Qu'ils ne partiront point d'un vainqueur magnanime,
Qu'il n'ait bien éclairci par lui-même le crime
Qu'on prétend que ma fille envers vous a commis.
Ce trait ne peut venir que de nos ennemis.
Je tombe à vos genoux que ma douleur embrasse,
Non pas pour vous fléchir, ni vous demander grace ;
( N'étant point criminelle, elle est trop au-dessus
D'implorer un secours que bravent ses vertus ; )
Mais pour vous demander une prompte justice,
Pour découvrir l'auteur d'un pareil artifice.

### ALEXANDRE.

Madame, mes bienfaits doivent m'être garans
De la fidélité des cœurs reconnoissans.

Hé pourrai-je penser qu'une grande Princeſſe,
Pour qui tout l'univers en ce jour s'intéreſſe,
Entrât dans ce complot, & qu'un lâche attentat,
La faſſe recourir juſqu'à l'aſſaſſinat ;
L'aſſaſſinat d'un Roi, ſenſible à ſes allarmes,
Qui ſe plaint en ſecret du ſuccès de ſes armes.
Je ne me laiſſe point, Madame, prévenir
Par de legers ſoupçons, qui voudroient la noircir.
Mes ſoins ont éclairci ce que j'en devois croire ;
Et mon juſte retour lui rend toute ſa gloire
Avec la liberté qu'elle avoit dans ma Cour ;
Je la rends à ſes vœux qu'exige votre amour.

S Y S I G A M B I S,

Sur cet objet, Seigneur, vous m'avez ſatisfaite ;
Mais un autre à l'inſtant rend ma joie imparfaite.
Vous laiſſez dans les fers Ophis, dont les vertus
Auroient dû par vos ſoins prendre auſſi le deſſus.
Elle eſt du même ſang qui m'a donné la vie,
Ses vertus, ſes malheurs, en un mot tout nous lie.
Il eſt dans cette Cour des ennemis ſecrets
Qui vous engageront à d'injuſtes decrets.

A L E X A N D R E.

Son attentat, Madame, a lieu de vous ſurprendre ;
Dans toute ſa noirceur on vient de me l'apprendre.
A ces mots vos bontés doivent s'évanouir,
Et l'horreur du forfait doit les anéantir.
Etouffez à l'inſtant cette injuſte tendreſſe.

S Y S I G A M B I S.

J'abandonne, Seigneur, cette indigne Princeſſe,
Si d'un tel attentat elle offenſe nos Dieux ;
Je la verrai ſans peine immoler à mes yeux :
Mais non, elle n'eſt point complice de ce crime ;
Des ennemis cachés en ont fait leur victime.
Ne vous expoſez point aux remords éternels,
Où pourroient vous jetter même les criminels.
A ma fille, Seigneur, je dois aller apprendre
La juſtice qu'en tout vous venez de lui rendre.

## SCENE DEUXIEME.

### ALEXANDRE, EPHESTION,

### ALEXANDRE.

L'Ordre que j'ai donné dans ce comble d'horreur
A-t'il été suivi dans toute sa rigueur ?
A-t'on chargé de fers cette ingrate Princesse,
Qui payoit d'un forfait l'excès de ma tendresse ?

### EPHESTION.

Seigneur, oubliez-vous que vous avez permis
Qu'elle vînt en ces lieux vous marquer ses ennuis ?
Et même par votre ordre on dit qu'on vous l'amene.

### ALEXANDRE.

Je puis l'avoir donné dans le fort de ma haine :
Poussé par le plaisir que j'aurois d'étouffer
Un amour que j'ai vû trop long-temps triompher.
J'ai voulu la braver en méprisant ses charmes ;
Contre eux en ma faveur elle fournit des armes.
Mais que voi-je ! C'est elle ! on l'amene en ces lieux !
Sa perfide beauté vient de frapper mes yeux !
A-t'elle le maintien d'une femme coupable !
Et ne diroit-on pas qu'elle est irreprochable ?
Ami, pour un instant disparois, laisse-moi ;
Je ne veux point encore lui parler devant toi.

## SCENE TROISIEME.

ALEXANDRE, OPHIS, *les fers aux mains ,*
*un* CAPITAINE *des Gardes*, GARDES.

### OPHIS.

C'EST donc en cet état , pour fait de perfidie ,
Que je vais voir en vous mon Juge & ma partie

#### ALEXANDRE.

Je ne veux point , Madame , écoutant mon courroux ,
Comme un Prince abfolu prononcer contre vous.
Il eft des loix d'Etat qu'un Souverain impofe ;
Mais il ne doit jamais juger fa propre caufe.
Mon Confeil affemblé dans ce fatal moment ,
Va fur tous vos délits porter fon jugement.
Cependant je defire , & contre mon attente ,
Que la Princeffe Ophis lui paroiffe innocente.
Oui , Madame , j'avoue en ce jour plein d'horreur ,
Que je fentois pour vous la plus fincere ardeur :
Que ma gloire indignée abandonnoit mon ame
Au cours impétueux d'une amoureufe flamme.

#### OPHIS.

Par vous même , Seigneur , je brave vos fureurs :
Vous ne me verrez point les yeux baignés de pleurs ,
Venir à vos genoux fouiller mon innocence.
Elle veut la juftice , & non pas la clémence.
Quelque foit le defir que j'ai de voir la fin
De mes jours ténébreux , outragés du Deftin ,
Je ne dois point fortir d'une importune vie
Par un trépas fuivi de tant d'ignominie :
Mais fi pour mon malheur notre ennemi juré ,
Si votre Epheftion de mon fang altéré ,
A , pour fa fûreté , réfolu mon fupplice ,
Hélas ! quoiqu'innocente , il faut que je périffe.

#### ALEXANDRE.

## ALEXANDRE.

Epheſtion, Madame !

#### OPHIS.

Oui, c'eſt ce ſcélérat,
Qui contre vous, Seigneur, projette un attentat.
Sitalce & Philotas, pour vous remplis de zele,
Tantôt m'en ont appris l'effrayante nouvelle.
De vous en avertir nous avions réſolu ;
Mais un des Conjurés, qui ſans doute l'a ſçû,
Pour ſe débarraſſer de témoins redoutables ;
De ſon propre forfait nous a rendu coupables ;
Et lorſque nous allions en ſecret devant vous,
Le convaincre du crime, on nous arrête tous.

#### ALEXANDRE.

Hé, c'eſt vous qui ſuivez cette étrange maxime,
Qui dit qu'il faut couvrir le crime par le crime.
J'apperçois qu'en voulant ſauver ces malheureux,
Vous travaillez pour vous, quand vous parlez pour eux.
Vous vous êtes liés, votre cauſe eſt commune ;
Vous devez tous alors courir même fortune :
S'ils étoient criminels, vous le ſeriez auſſi.

#### OPHIS.

Quoi, ſe peut-il, Seigneur, que vous penſiez ainſi
De deux braves guerriers, qui toujours l'un & l'autre
Ont employé leur vie à défendre la vôtre ?
Tandis qu'on ne ſçauroit vous faire ſoupçonner
Un ſujet qui s'apprête à vous aſſaſſiner ?
Comment arrive-t'il qu'un Monarque équitable
Opprime l'innocent, épargne le coupable,
Et n'oſe approfondir l'exécrable deſſein
Que médite un ſerpent réchauffé dans ſon ſein ?

#### ALEXANDRE.

Par cet expédient, pris pour ſauver ma vie,
Chez vous ſecrettement elle m'étoit ravie.
Il eſt vrai, le complot étoit bien combiné.
En venant me l'apprendre on m'eût aſſaſſiné.

O P H I S.

Quoi donc, de ce complot quel feroit le fyftême,
D'aller pour réuffir, le découvrir foi-même ?

A L E X A N D R E.

Pour vous défendre, hélas ! quel parti prenez-vous ?
Tous ces détours ne font qu'irriter mon courroux.
Il ne m'eft plus permis d'en douter, inhumaine ;
J'ai de votre attentat une preuve certaine.

(*lui montrant un billet.*)

  *Il lit :*

*Le Roi dans un moment va fe rendre à ma tente :*
*Suivez-le de bien près. Je fuis impatiente*
*De voir exécuter le projet convenu,*
*Et qui par un délai peut être prévenu.*

O P H I S.

Ce billet de ma main, que vous venez de lire,
De tout ce que je dis ne peut me contredire.
J'écris à Philotas, fidele délateur,
De venir avec moi vous avertir, Seigneur,
Et fans perdre un moment, des fecrettes pratiques,
Dont il doit vous donner des preuves autentiques.
Quand de votre affaffin je veux parer les coups,
Dois-je craindre pour moi ce que j'ai craint pour vous ?

A L E X A N D R E.

Vous êtes du complot : vous méritez la haine
Qu'infpire le mépris, & que le crime entraîne.

O P H I S.

Ceux qui veulent douter un inftant de ma foi,
Se défient alors bien plus d'eux que de moi.

A L E X A N D R E.

Madame, je ne vois dans votre repartie
En vous de naturel que votre perfidie.
Vous contez vainement fur ma crédulité :
Vous devriez plutôt avec fincérité,
Avouant l'attentat, mériter votre grace.

O P H I S.

Pour vous la demander ai-je l'ame affez baffe !
De me la préfenter c'eft être trop cruel !

Gardez votre pardon pour quelque criminel.
Je mourrai fans regret, exempte de tout crime,
S'il faut à l'impofture encore une victime.
Frappez, Seigneur, frappez toujours des coups certains,
Un mot feul vous fuffit pour armer mille mains.

ALEXANDRE.

J'aime un noble courroux, lorfque par l'innocence,
Il peut avec fierté foutenir ma préfence ;
Mais ce même courroux me paroît odieux,
Dès qu'il n'a pour appui qu'un front audacieux.

OPHIS.

Alexandre trop tard connoîtra l'artifice :
Mourons en attendant qu'il nous rende juftice.
Ce Prince, quoiqu'il foit le plus puiffant des Rois,
Ne pourra me donner le trépas qu'une fois.
M'imputant un forfait, (c'eft-là ma deftinée)
Je mérite la mort quand j'en fuis foupçonnée.

ALEXANDRE.

Si je n'avois, hélas ! qu'un foupçon contre vous,
Vous me verriez, Madame, encore à vos genoux
Vous jurer un amour fans doute trop fidele,
Dès que ma gloire en lui ne trouve qu'un rebele.
Je fuis follicité par vos puiffans attraits
A foulager les maux que vous vous êtes faits.
Pour vous montrer combien je partage vos peines,
Gardes, que dans l'inftant on détache fes chaînes ;
Remenez la Princeffe : obfervez tous fes pas :
A ne point voir fa Cour ne la contraignez pas.

- - -

## SCENE QUATRIEME

### ALEXANDRE *feul.*

OPHIS voit que ma haine à fon afpect chancele,
Qu'une fecrette voix ofe parler pour elle.

Que je voudrois douter de son lâche attentat.
Qu'il se fait dans mon cœur un dangereux combat !

## SCENE CINQUIEME.

### ALEXANDRE, SITALCE.

### SITALCE

Seigneur, je n'eusse osé m'offrir à votre vûe,
Si d'Ophis l'innocence eût été reconnue.
Jugeant sur l'apparence, on s'est souvent trompé :
Dans notre noir complot elle n'a point trempé.
En se joignant à nous, bien loin d'être coupable,
Son dessein n'avoit rien en lui que de louable ;
Et c'est par l'intérêt qu'elle prend en vos jours,
Qu'elle vouloit, Seigneur, nous prêter son secours,
Pour la déterminer nous lui dîmes qu'un traître
Vouloit ôter la vie & le sceptre à son maître :
Que celui qui tramoit la conspiration,
( Qui l'en eût cru capable : ) étoit Epheflion.
*Epheflion, dit-elle, Ah ! que du parricide*
*Ne vois-je en ce moment couler le sang perfide !*
*Courons sans différer en informer le Roi.*
*Non, Madame, lui dit Philotas. Croyez-moi,*
*Ne faisons point d'éclat ; la trame découverte,*
*Du Monarque pourroit précipiter la perte.*
*D'un parti trop nombreux redoutons le pouvoir :*
*Craignons des scélerats armés du desespoir.*
*Il faut une conduite en ceci plus prudente.*
*Si-tôt qu'avec le Roi ce soir en votre tente*
*Le traître arrivera, vous nous introduirez.*
*Alors d'Epheflion & de ses Conjurés*
*Nous donnerons au Roi la liste criminelle,*
*Surprise adroitement par un sujet fidele ,*
*Vous verrez l'un & l'autre étrangement surpris.*

*Le traître convaincu par ſes propres écrits ,*
*A ces preuves troublé , que pourra-t'il répondre ?*
*En agiſſant ainſi , nous allons le confondre.*
Dans le piege aiſément nous la fîmes donner ;
Mais avoit-elle auſſi lieu de nous ſoupçonner ?

ALEXANDRE.

De l'avoir accuſée, oui, ma gloire en murmure.
Et comment réparer cette cruelle injure ?
Partez pour les Etats que je vous ai donnés.

SITALCE.

Quoi, Seigneur, mes forfaits.....

ALEXANDRE.

Ils vous ſont pardonnés.
Mais quel triſte nuage obſcurcit votre vûe !

SITALCE.

A ce trait généreux mon ame eſt confondüe !
Aprés mon attentat vouloir me pardonner ;
Après ce que j'ai fait ne pas m'abandonner !
Je ne puis ſoutenir votre auguſte préſence.

ALEXANDRE.

Prince, votre douleur vous rend votre innocence,
Avec mon amitié :

SITALCE.

Votre amitié, Seigneur !

ALEXANDRE.

Mon amitié, Sitalce, & toute ma faveur.
Dans la Thrace où je veux vous donner un aſyle ;
Sous mon autorité vous regnerez tranquille.

SITALCE.

Vous m'avez trop long-temps ſouffert devant vos yeux ;
Je dois les délivrer d'un objet odieux. *( il ſort. )*

## SCENE SIXIEME.

ALEXANDRE, *un* CAPITAINE *des Gardes.*

### LE CAPITAINE.

OPHIS, que vous venez , pour adoucir ſes peines ,
    De délivrer , Seigneur, du fardeau de ſes chaînes ,
En trompant ſes Argus , alloit dans le moment
Du camp, pour s'échapper , ſortir furtivement.
Un Officier Perſan , qu'on voyoit à ſa ſuite ,
Devoit l'accompagner , m'a-t'on dit , dans ſa fuite ...
Je les ai ſur le champ fait arrêter tous deux ,
Attendant que le Roi veuille diſpoſer d'eux.
       ALEXANDRE.
Mais quel eſt ce Perſan qui lui ſervoit de guide ,
Qui tramoit ſous mes yeux un complot ſi perfide ?
       LE CAPITAINE.
C'eſt ce chef de parti d'une haute valeur,
Qui fit payer ſi cher la victoire au Vainqueur.
On ignore ſon nom.
       ALEXANDRE.
       Quel qu'il ſoit, qu'il périſſe !
Il mérite la mort, qu'on hâte ſon ſupplice ;
Sans autre ordre ! .. Mais non, on apprendra par lui
Des ſecrets qu'on vouloit me cacher aujourd'hui.
Que la Princeſſe Ophis ne ſoit point retenue ,
Juſqu'à l'empêcher de paroître à ma vûe,

## SCENE SEPTIEME.

### ALEXANDRE, EPHESTION.

**ALEXANDRE** *allant au-devant d'Epheſtion.*

CHER ami, de quel coup viens-je d'être frappé !
Sitalce , juſtes Dieux ! peut-il m'avoir trompé !
Son injuſte pitié peut-elle être capable
D'employer l'artifice à ſauver le coupable ?
Mon cœur à cet objet ne doit que du mépris ;
Et quand plus que jamais je m'en verrois épris,
J'immolerai toujours l'amour à la juſtice.
**EPHESTION.**
Si l'on prouve ſon crime , il faut qu'on l'en puniſſe.
**ALEXANDRE.**
Son attentat ſur moi n'eſt que trop éclairci !
Je veux voir cette ingrate avec Sitalce ici.
Et ſans perdre de temps que ton ſoin les raſſemble ;
Il eſt bon devant moi qu'ils ſe trouvent enſemble.

*Fin du quatrieme Acte.*

# *ACTE CINQUIEME.*

## SCENE PREMIERE.

ALEXANDRE, SYSIGAMBIS, STATIRA, ZAMINTE,

### SYSIGAMBIS.

MAIS fongez donc, Seigneur, qu'Ophis....
#### ALEXANDRE.
Je fuis confus
De vous faire, Madame effuyer un refus.
Elle fera peut-être aujourd'hui condamnée :
En m'avouant fa faute, elle étoit pardonnée ;
Trop tard à ma clémence elle vient recourir,
Enfin je ne puis plus l'empêcher de périr.
#### SYSIGAMBIS.
Quoi, Sitalce tantôt, d'une ame repentante,
Et pour vous déclarer la Princeffe innocente,
A pris, comme il devoit, tout le crime fur lui :
Qu'a-t'elle donc, Seigneur, fait depuis ?
#### ALEXANDRE.
Elle a fui.
Une telle démarche eft-elle convenable
A d'autres qu'à celui qui fe trouve coupable ?
On confeffe fon crime en voulant fe fauver.
Avant que de s'enfuir, il falloit fe laver
De l'horrible attentat dont elle eft accufée.
#### SYSIGAMBIS.
La Princeffe croyoit la Cour défabufée.
Au refte fon projet, qu'on rend fi criminel,
Eft des plus innocens. Quoi de plus naturel
Que de faifir l'inftant qui nous ouvre un paffage,

Pour

Pour fortir tout-à-coup des fers de l'efclavage ?
Si c'eft là le délit que feul elle ait commis,
Nous devons efperer qu'il lui fera remis.
Vous conviendrez, Seigneur, que la faute eft légere.

ALEXANDRE.

Non, tout cela ne peut appaifer ma colere.
Mes bontés & mes foins dans fa captivité,
Ne lui faifoient-ils pas trouver la liberté ?
Elle fçavoit de plus qu'avant de la lui rendre,
Ce que pour fon bonheur méditoit Alexandre.

SYSIGAMBIS.

Vos bontés & vos foins ( n'en foyez point furpris )
Ont peut-être caufé le deffein qu'elle a pris.
Son cœur eft tendre & fier, il n'eft pas impoffible
Qu'à vos foins connoiffant fon ame trop fenfible,
Prévenant le danger, la Princeffe n'ait cru
Devoir prendre la fuite, & fauver fa vertu.
Quoiqu'il en foit, Seigneur, Ophis eft excufable ?
Et vous ne ferez pas fans doute inexorable
Pour l'Officier Perfan, ce chef plein de valeur,
Dont l'innocente Ophis a caufé le malheur.
De fa facilité fera-t'il la victime ?

ALEXANDRE.

Ah ! ne m'en parlez point, vous connoiffez fon crime ?
Vous devez en fentir toute l'énormité.

SYSIGAMBIS.

Il paroît qu'il eut trop de fenfibilité ;
Mais pouvoit-il auffi, devenant intraitable,
Se refufer aux pleurs d'une Princeffe aimable,
Qui d'un air fi touchant imploroit fon fecours.

ALEXANDRE.

Syfigambis en vain s'intéreffe à fes jours ;
L'infolent périra. Gardes qu'on me l'amene.
Je vais pour un moment dans la tente prochaine,
Pour des ordres fecrets.

## SCENE DEUXIEME.

### SYSIGAMBIS, STATIRA, ZAMINTE.

#### SYSIGAMBIS.

O Prince infortuné !

#### STATIRA.

Sous quel aftre fatal faut-il que tu fois nè !
Du Monarque tâchons d'appaifer la colere ;
Voyons par quel moyen . . . .

#### SYSIGAMBIS.

Pour moi j'en défefpere.

#### STATIRA.

Il faut qu'auprès du Roi, par un dernier effort,
Et pour fauver ce Prince . . . .

#### SYSIGAMBIS.

Il a juré fa mort !

#### STATIRA.

N'importe , Ophis a fçu triompher d'Alexandre ;
Peut-être elle obtiendra la grace de Nicandre.

#### SYSIGAMBIS.

Quelquefois l'innocent ne trouve point d'appui :
S'il paroît criminel , les loix font contre lui.
Souvent dans des revers certaine circonftance
Fait que l'on ne fçauroit prouver fon innocence.
La Juftice prononce , & fes cruels arrêts,
Donnent d'injuftes morts par de juftes decrets.

#### STATIRA.

Et quelquefois auffi le crime que l'on juge
Dans la juftice même a trouvé fon refuge.

#### SYSIGAMBIS.

Je voudrois voir Ophis arriver en ces lieux.

#### ZAMINTE.

Madame , en ce moment elle s'offre à vos yeux.

## SCENE TROISIEME.

OPHIS, SYSIGAMBIS, STATIRA, ZAMINTE, ZONIME,

O P H I S, *à Syfigambis.*

HÉ, bien ! eſt-il encore un rayon d'eſperance ?
Et pouvons nous.... Mais quoi, vous gardez le ſilence.
Vous pouffez des ſoupirs ! Une vive douleur
Eſt peinte dans vos yeux ! Ah ! de notre malheur,
Madame, je ne ſuis déja que trop inſtruite !
   S Y S I G A M B I S.
Le Roi déſabuſé pardonne votre fuite ;
Mais, hélas ! Je n'ai fait qu'exciter ſon courroux,
Si-tôt que j'ai voulu parler pour votre Epoux !
   O P H I S.
Si vous l'avez nommé, notre perte eſt certaine.
   S Y S I G A M B I S.
Je n'ai fait voir en lui qu'un brave Capitaine,
Un Officier Perſan un illuſtre Inconnu.
   O P H I S.
Et vous n'avez enfin pour lui rien obtenu.
   S Y S I G A M B I S.
Rien du tout.
   O P H I S.
  O Grands Dieux ! Quel parti dois-je prendre,
   Z O N I M E,
De recourir, Madame, à l'amour d'Alexandre.
Dans cette conjonĉture il en faut profiter.
   S T A T I R A.
J'approuve ce moyen, vous devez le tenter.
   O P H I S.
Quel ſeroit cet eſpoir pour une infortunée,
Dès qu'il ne reſſent plus qu'une haine obſtinée ?
On voit par ſes tranſports juſqu'où va ſa rigueur,

Préfage trop certain de toute fa fureur.

**S T A T I R A.**

Un amour outragé, dont l'efperance eft vaine,
Doit, s'il eft bien ardent, reffembler à la haine.
Elle annonce bien moins un dangereux courroux,
Que des feux mal éteints fous des tranfports jaloux.

**O P H I S.**

S'il m'a de cet amour confervé quelque refte,
Pour mon Epoux je vais....

**S Y S I G A M B I S.**

     Il lui feroit funefte.
Votre protection, loin d'adoucir fon fort,
Ne lui peut procurer qu'une plus prompte mort.

**O P H I S.**

Dans ce preffant danger, hélas! Que dois-je faire!

**S Y S I G A M B I S.**

Au Roi dès cet inftant découvrir le myftere.

**O P H I S.**

Je n'y puis confentir.

**S Y S I G A M B I S.**

     L'on ne fçauroit trouver
Que cet expédient qui puiffe le fauver.
Il aura moins de tort, Convenez-en, Princeffe.

**O P H I S.**

Oui, mais fi le Monarque écoutant fa tendreffe,
De ce Prince devient injuftement jaloux,
Qui le peut empêcher d'immoler mon Epoux?

**S T A T I R A.**

Sa juftice,

**O P H I S.**

 Je crains....

**S T A T I R A.**

    Ne craignez point, Madame,
Qu'un deffein fi cruel fe gliffe dans fon ame.
Il n'eft que ce parti dans ce preffant danger,
Où de nouveaux malheurs ont voulu vous plonger.

**O P H I S.**

S'il me hait, pouvant tout, que nous fommes à plaindn

S'il m'aime, il eſt peut-être encore plus à craindre.
La timide Innocence en ce jour plein d'horreur,
N'oſe ſe préſenter dans toute ſa candeur.
Rien ne peut moderer ma juſte inquiétude,
Rien ne peut me tirer de mon incertitude.
Cher Prince, quand je veux t'arracher au trépas,
Faut-il que je te nomme ou ne le faut-il pas?
Demeurant inconnu, ta mort eſt décidée :
Connu pour mon Epoux, ta vie eſt hazardée.

S Y S I G A M B I S.

Dans cette extrêmité nous ne devons ſonger
Qu'à prendre le parti qui court moins de danger.
Il faut que dans l'inſtant, par ma bouche, Alexandre
Sçache ce que vous eſt le priſonnier Nicandre.

---

# SCENE QUATRIEME.

EPHESTION, OPHIS, STATIRA, ZONIME,

E P H E S T I O N à Statira.

MADAME, je croyois trouver ici le Roi.
S T A T I R A.
Vous voilà bien troublé !
O P H I S.
Qui cauſe votre effroi !
E P H E S T I O N.
Je viens de voir paſſer Philotas & Darciſſe,
Agaton, Entius, qu'on entraîne au ſupplice.
De tous ces ſcélérats je ne plains point le fort,
Ils ne vont éprouver qu'une trop douce mort ;
Mais Sitalce à mes yeux, finiſſant ſa carriere,
M'a ſemblé mériter ma pitié toute entiere.
L'allant voir, dans ſa tente à peine étois-je entré,
Qu'il m'a dit : *Cher ami, j'ai le cœur déchiré !*

*C'eſt envain que le Roi, trahiſſant ſa juſtice,*
*Me pardonne mon crime, & m'arrache au ſupplice ;*
*La grace qu'il me fait me livre à mes remords ;*
*Ses cruelles bontés me donnent mille morts.*
*Je n'en veux ſouffrir qu'une : & prévenant la Parque,*
*Mon bras ſçaura venger l'équité du Monarque.*
Je cours pour m'oppoſer à ſon cruel deſſein ;
Mais il avoit déja le poignard dans le ſein.
Quel ſecours lui donner dans cette conjoncture !
Le ſang à gros bouillons coule de ſa bleſſure.
Je l'interroge envain, quelques mots mal formés
Ne font qu'un bruit confus dans ſa bouche enfermés.
D'un calme dangereux ſa fureur eſt ſuivie ;
L'on diroit qu'à l'inſtant il va perdre la vie ;
Quand la nature en lui, par un dernier effort,
Vient courageuſement luter contre la mort :
Mais bien-tôt dans ſes yeux une ſombre lumiere
Nous annonce qu'il touche à ſon heure derniere.
Alors ſans mouvement, d'un froid mortel atteint,
Il pâlit, il ſoupire, il friſſone, & s'éteint.

OPHIS.

Vous venez de nous peindre une mort bien cruelle.

EPHESTION.

Je vais porter au Roi cette triſte nouvelle.

---

# SCENE CINQUIEME.

## OPHIS, STATIRA, ZONIME.

### STATIRA.

JAMAIS impunément on ne peut l'outrager,
Tout juſqu'à ſes bienfaits a ſoin de le venger.

OPHIS.

Hélas ! Fut-il jamais pareille deſtinée !
Quelle chaîne de maux dans la même journée !
Par de fauſſes vertus on a ſurpris ma foi,

Il me faut essuyer les reproches du Roi ;
Justifiée enfin, j'allois sécher mes larmes,
Lorsque pour mon époux de trop justes allarmes
D'une frayeur mortelle agitoient tous mes sens.

ZONIME.

Alexandre & les Dieux sont pour les innocens.

OPHIS.

Juste Ciel, le voici, ce terrible Alexandre !
Je frémis ! A sa suite on amene Nicandre !

## SCENE SIXIÈME.

ALEXANDRE, SYSIGAMBIS, OPHIS, STATIRA,
NICANDRE, EPHESTION, ZAMINTE, ZONIME.

ALEXANDRE, *à Sysigambis.*

S ITALCE dans sa mort me paroît trop cruel.
Ce Prince repentant n'étoit plus criminel ;
Se livrant sans réserve aux traits de ma vengeance,
Il désarmoit mon bras, & bravoit ma puissance.
Mes bienfaits dans son ame ont si bien combattu,
Que du crime ils ont fait triompher la vertu ;
Mais à se poignarder quand son forfait l'engage,
Il montre sa foiblesse & non pas son courage.
Je déplore son sort, & blâme sa fierté,
Qui n'a pu soutenir le poids de ma bonté.

*à Ophis.*

Madame, deviez-vous, par votre défiance,
Faire à mon amitié la plus cruelle offense ?
Je vous ai dit souvent qu'il me seroit bien doux
De pouvoir quelque jour rencontrer votre époux.
Par mon ordre en tous lieux, quand on cherchoit Nicandre,
Je vous l'avois juré, c'étoit pour vous le rendre.
Pendant qu'on court en vain dans cent climats divers,
Le hazard vous le fait retrouver dans mes fers.

De cette découverte on me fait un myftere,
On doute de mon cœur, on le croit peu fincere !
Votre injufte foupçon, vous déchirant le fein,
Deshonore en fecret mon génereux deffein.

*à Nicandre.*

Si vous avez, Seigneur, montré quelque courage,
On vous en eftimoit fans doute davantage ;
Mais de m'avoir par-tout cherché des ennemis,
Votre reffentiment peut s'être trop permis.
Cependant reprenez vos Etats & la Reine ;
Je ne veux vous ôter, Prince, que votre haine,

NICANDRE.

Vous méritez, Seigneur, d'être le Roi des Rois.

OPHIS.

Qu'heureux font les fujets qui vivent fous vos loix !

ALEXANDRE.

Vous avez une troupe en ces lieux prifonniere,
Je lui donne aujourd'hui liberté toute entiere.
Partez. Que le deftin vous file d'heureux jours !
Soyez reconnoiffans, vous fouvenant toujours
Qu'Alexandre vainqueur, fçait dans fon rang fuprême,
Punir, récompenfer, & fe vaincre lui-même.

NICANDRE.

Ah ! fi de vos bienfaits je perds le fouvenir,
Quel châtiment pourroit fuffire à me punir ?
O grand Roi, feroit-il un fupplice affez rude,
Pour pouvoir l'égaler à mon ingratitude ?

OPHIS.

Toute la terre entiere a tremblé fous fes pas ;
Elle doit être un jour le prix de fes combats :
Mais dans fes grands projets fon ame genereufe,
Ne veut la fubjuguer que pour la rendre heureufe.

ALEXANDRE, *à Statira.*

Madame, je bénis le fort de ces époux :
Ce que je fais pour eux, je l'aurois fait pour vous ;
Mais l'intérêt des Grecs s'oppofe à mon envie.
Cet intérêt m'eft cher, & plus cher que la vie.
Etant dans cette guerre à moi feul confié,

Doit-il

Doit-il à tous nos vœux être sacrifié ?
De ces chers Alliés j'embrasse la défense,
Et je dois avec eux agir d'intelligence.
Ils n'ont point oublié que le Persan jadis
Avec tant de fureur ravagea leur pays :
Qu'un siécle tout entier à peine a pû suffire
Pour rétablir chez eux ce qu'ils ont sçû détruire.
Je ne suis point leur Roi, je suis leur Général ;
Déciderois-je seul de l'objet principal ?
Votre vaste puissance étoit si formidable,
Que pour elle avant moi rien n'étoit redoutable ;
Les Grecs craignant toujours un semblable malheur,
Ont, pour s'en garantir, imploré ma valeur.
Mais j'espere qu'un jour, même avec leur suffrage,
Je pourrai vous venger du sort qui vous outrage.
Oui, charmante Princesse ; & pour vous dire plus,
Je vous réserve un prix digne de vos vertus.

F I N.

---

# APPROBATION.

J'Ai lû par ordre de Monseigneur le Chancelier *Ale-xandre*, Tragédie, & je crois que l'on peut en permettre l'impression. Ce 11 Mai 1754. CRÉBILLON.